F. Ortoli

—

Histoire

du célèbre

Jean le Diol

COLLECTION PICARD

LES CONTES DE LA VEILLÉE

F. ORTOLI

HISTOIRE
DU CÉLÈBRE
JEAN LE DIOT

DESSINS DE

C. Robert KEMP

PARIS

LIBRAIRIE PICARD-BERNHEIM ET Cⁱᵉ

II, RUE SOUFFLOT, II

(Propriété réservée.)

HISTOIRE
AUTHENTIQUE
du
CÉLÈBRE
JEAN LE DIOT

QUAND Jean le Diot naquit, sa mère, qui était déjà bien chargée de famille, s'accouda tristement sur son lit et murmura :

— Mon Dieu, que deviendra plus tard ce garçon? sera-t-il bon ou mauvais, riche ou pauvre, intelligent ou simple innocent?

— Il sera riche ! répondit une petite fée qui semblait parler du haut du toit.

— Il sera pauvre ! répliqua une seconde.

— Intelligent ! s'écria une troisième.

Une quatrième voix se fit entendre :

— Cet enfant-là ne sera jamais qu'un sot!

A ces terribles paroles, la malheureuse mère reconnut la reine des fées, qui se vengeait de ce qu'en un jour d'orage, où elle s'était déguisée en mendiante, personne, dans la famille, n'avait eu pitié d'elle.

Les fées disparurent. L'enfant grandit. Jean le Diot a seize ans.

*
* *

— Mon fils, je suis bien éprouvée, nous sommes pauvres, et je voudrais te voir entreprendre un métier. Que veux-tu faire?

— Rien.

— Comment, rien, tu ne veux pas travailler?

— Non.

— Ah! cruelle fée, je te maudis, comme ta vengeance a été terrible!

Quelques jours après, la bonne femme eut besoin d'un trépied et chargea son fils d'aller l'acheter.

Jean courut à la ville, en choisit un superbe, et s'en retourna tout heureux. Mais bientôt, le trouvant trop lourd :

— Voilà le chemin qui conduit tout droit chez nous, mon petiot, dit-il en le posant par terre; tu as trois pieds et je n'en ai que deux, cours devant moi, et surtout ne t'arrête pas en route, car ma mère a besoin de tes services.

Et Jean le Diot s'en revint les mains dans les poches, sifflottant le long du chemin.

— Et le trépied? demanda sa mère.

— Comment donc, il n'est point ici? Le paresseux aura sans doute flâné; avec ses trois pieds, il devrait être à la maison depuis un grand quart d'heure!

— Jésus, mon Dieu! le trépied est perdu. Que tu es donc sot de parler à un morceau de fer qui ne peut te comprendre au lieu de le mettre dans un sac et de le porter sur tes épaules!

— Bien, ma mère, une autre fois, je saurai comment faire.

Quand vint le jour de la fête, on eut besoin de vin pour donner aux invités.

Le grand malin fut chargé d'aller en prendre chez un ami qui demeurait au village voisin.

En revenant, il se rappela les recommandations de sa mère et se dit : Si j'arrivais ainsi à la maison portant le vin dans une outre, certainement on ne manquerait pas de me gronder comme on a fait pour le trépied, voyons à le mettre dans mon sac. Et aussitôt il fit ainsi.

Une fois chez lui, son frère demanda :

— Où donc est le vin?

— A peine l'ai-je mis dans ce sac qu'il s'est enfui de tous côtés.

— N'avais-tu donc pas une outre?

— Parfaitement.

— Quel malheur! il ne fallait pas la vider, mais la porter sur ta tête.

Jean le Diot n'était pas content de lui-même, et il se promit d'être plus malin à l'avenir.

Quelque temps après, on l'envoya chercher une servante qu'on avait gagée pour garder les dindons.

— Cette fois il faut faire attention, se dit le pauvre innocent, et ne pas faire de folies.

Il se mit en route.

— Bonjour, servante!

— Bonjour, not' maître!

— Allons vite, monte sur ma tête et partons à l'instant.

— Je marche fort bien sur mes pieds, répondit la jeune fille en riant; not' maître, vous êtes mille fois trop bon!

Jean le Diot pourtant ne l'entendit pas ainsi, et comme la fille semblait ne pas avoir l'intention d'obéir il lui administra une volée de coups de bâton, si belle et si bien sentie qu'elle tomba comme morte sur la route.

— Ah! se disait-il, tu crois donc me faire gronder encore aujourd'hui? je ne suis nullement disposé à cela, je t'assure!

Et, sans plus attendre, mettant la servante sur sa tête, haletant, courbé, suant à grosses gouttes, il arriva jusqu'à la maison.

— Qu'est-ce là? s'écria la mère, voyant arriver son fils en pareil équipage; mon pauvre Jean, seras-tu donc toujours sans idées?

— C'est notre servante que je vous amène, ainsi que mon frère me l'a recommandé.

— Ah! mon Dieu, que je suis donc malheureuse! gémit la pauvre fermière toute en larmes. Et elle s'empressa de faire coucher la jeune fille qui avait les deux bras cassés et les épaules toutes meurtries.

Quinze jours durant, Jean le Diot ne fit plus aucune commission. Un matin pourtant, on l'envoya chercher un médecin pour l'infortunée domestique qui allait de plus en plus mal.

— N'en demande surtout qu'un seul, lui dit-on de loin.

— Soyez sans crainte, répondit le jeune homme, et il s'en alla tout le long du chemin en criant à pleine voix :

— Qu'il n'en vienne qu'un! qu'il n'en vienne qu'un!

Il fit ainsi la rencontre d'un pêcheur qui depuis le matin avait jeté inutilement son filet dans la rivière.

Cette chanson ne lui plut pas.

— Imbécile ! dis plutôt qu'il en vienne mille si tu tiens encore à tes côtes.

Et Jean de s'écrier à l'instant :

— Qu'il en vienne mille ! qu'il en vienne mille !

Comme notre sot passait dans le bois, il vit un berger aux prises avec un loup formidable.

La lutte sembla l'intéresser. Il s'assit tranquillement sur une pierre et attendit. Le combat fut terrible, mais l'homme eut enfin raison de la bête : celle-ci fut blessée mortellement. Le pâtre prenait un instant haleine lorsqu'un étrange refrain parvint jusqu'à ses oreilles :

— Qu'il en vienne mille ! qu'il en vienne mille !

Furieux, le berger se leva.

— Misérable, dis bien plutôt : « Que le diable l'emporte ! »

Et madame la Gaule d'appuyer sa demande.

— Que le diable l'emporte ! que le diable l'emporte ! se mit à gémir l'insensé tout ahuri.

Mais voilà que passe un enterrement.

La chanson allait son train.

— Veux-tu bien te taire, mauvais sujet ! Si tu veux crier, dis donc : « Que Dieu le protège ! »

Jean le Diot fut obéissant ; et tous les échos d'alentour répétèrent bientôt ces dernières paroles.

A l'entrée du village où demeurait le médecin, une maison se trouvait tout en flammes.

Vingt personnes tâchaient d'éteindre l'incendie. Un misérable avait causé tout le mal. Surpris, il était là solidement garrotté. Chacun l'insultait. Notre héros voulut aussi voir le coupable, mais bientôt il eut peur d'oublier les paroles qu'on lui avait recommandé de dire, et déjà il se met à crier :

— Que Dieu le protège ! que Dieu le protège !

La foule s'indigna. Voilà son complice, dit-on de tous côtés. Et aussitôt le pauvre insensé fut pris, bousculé, bâtonné et malgré ses larmes jeté en prison !

Le jour de Pâques, la mère de Jean le Diot lui dit, en partant pour la messe :

— N'oublie pas surtout de mettre la poule cuire dans la casserole.

— Je le ferai, ma mère, allez sans crainte.

La bonne femme partie, maître sot se trouva dans la plus grande perplexité. Vraiment il ne pouvait connaître quelle était la poule désignée.

Il s'en alla donc dans la basse-cour et demanda :

— Dites-moi, mes jolies amies, qui de vous ce matin doit servir au déjeuner ?

— Cuic ! cuic ! cuic !

— Parlez donc français, je ne puis vous comprendre !

— Cuic ! cuic ! cuic !

Jean se trouva de plus en plus embarrassé.

Il refit pourtant sa question.

— Répondez, qui de vous sera mangée le jour de Pâques ?

Mais déjà toutes les poules effrayées s'étaient enfuies dans le jardin. Une seule demeura dans un coin : elle couvait.

— Ah ! c'est toi, ma petite, viens donc puisque ma mère t'a désignée.

Et Jean le Diot prit la couveuse et la mit toute vivante dans la casserole qui attendait.

Il réfléchit pourtant un instant après que le nid était seul et que les œufs n'étaient point couvés.

— Ma mère n'a point songé à cela, pensa le malin garçon, et aussitôt il s'en alla prendre la place de la poule.

A son retour la bonne femme appela son enfant.

— Hé ! Jean, hé ! où donc es-tu ?

— Ici dans un coin.

— A quel endroit ? je ne te vois pas.

— Cuic ! cuic ! cuic !

— Voyons, réponds donc !

— Cuic ! cuic ! cuic !

Sa mère finit enfin par le trouver assis tranquillement sur les œufs.

— Que fais-tu là, malheureux ?

— Silence ! ne faites pas de bruit car je couve.

— As-tu mis la poule dans la casserole ?

— Cuic ! cuic ! cuic !

— Que dis-tu par là, mais parle donc !

— Je dis que je couve et je m'en irai si vous continuez à me déranger de la sorte !

— Et pourquoi couves-tu ?

— Parce que la poule est en train de bouillir.

— Pauvre idiot, ce n'était pas celle-là qui devait servir au déjeuner, mais bien celle que j'ai plumée hier et qui est en haut dans l'armoire !

Comme c'était jour de foire à la ville et que la mère de Jean n'avait pas un sou, elle prit un bœuf et dit à son fils :

— Cours bien vite me vendre cette bête.

— Bonne maman, vous me grondez à chaque instant.
Dites-moi son prix afin que je ne fasse pas de folies.

— Deux cents francs, ni plus ni moins ; mais garde-toi
surtout de la donner à de grands malins ou à des babillards.

— Cette fois, ma mère, vous serez contente !

Jean le Diot se mit en marche avec son bœuf. Arrivé
sur le champ de foire on lui demanda :

— Combien ton bœuf ?

— Deux cents francs.

— Vraiment c'est trop cher, je t'en donne cent!

— Il ne sera point à vous, vous êtes un babillard !

Dix personnes vinrent à tour de rôle négocier la bête.
Plusieurs mêmes dirent juste le prix.

— Êtes-vous un grand malin ? demandait le pauvre
innocent!

— On le dit, mon brave garçon.

— Alors passez votre chemin !

Jean le Diot n'ayant pas trouvé d'acheteur selon le goût
de sa mère s'en retournait à son village, lorsqu'en passant
par un chemin il aperçut une belle maison.

— Si je trouvais là un acquéreur? pensa le jeune
homme. Et il frappa à la porte.

— Pan ! pan ! pan !

Personne ne lui répondit.

— Pan ! pan ! pan !

La porte resta fermée.

— Cela va pour le mieux. Ici ne demeurent pas de
babillards.

Et Jean baissa le loquet et entra.

Il y avait une foule de gens qui se tenaient dans de
belles niches toutes constellées d'étoiles.

Voila notre saint qui se sauve! Courons a sa poursuite.

Hommes et femmes étaient habillés avec de grandes robes bleues et roses ; chacun portait une riche ceinture d'or et gardait une couronne sur la tête.

Jean resta longtemps sans savoir à qui il devait s'adresser de préférence. Il se décida toutefois au bout d'un grand quart d'heure et dit à un beau jeune homme qui semblait regarder le ciel :

— Veux-tu mon bœuf?

— . . . .

— Je le vends deux cents francs.

— . . . .

— Dis-moi la vérité avant de conclure le marché, es-tu un grand malin ou un babillard ?

— . . . .

— A la bonne heure! j'ai trouvé mon affaire ; ma bête t'appartient désormais.

Le vendeur attendit quelque temps, puis, voyant que l'acheteur ne faisait pas mine de le payer, il lui dit :

— Et mon argent?

— . . . .

— Est-ce celui que je vois dans ce tronc ?

— . . . .

— Qui ne dit mot consent. Merci, mon brave homme ; cette fois ma mère sera bien contente.

Et Jean le Diot, pour faire les choses dans les règles, lia le bœuf au bras du jeune homme toujours muet dans sa niche remplie d'étoiles d'or.

Se croyant dans une étable, l'animal attendit tranquillement sa provende. Toutefois, après plus d'une heure et sentant bien qu'on l'avait oublié, le bœuf, s'impatientant, tira sur la corde et s'en alla. Le saint tomba, se brisant en mille

morceaux. Au bruit que fit cette chute des gens qui passaient pénétrèrent dans la chapelle pour en connaître la
cause. Mais la vue d'un animal tout noir, avec de grandes
cornes, les épouvanta tellement qu'ils crurent reconnaître le
Diable qui faisait des siennes et se battait avec les saints.

N'ayant nul souci de lutter avec messire Satanas, les
courageux visiteurs s'enfuirent à toutes jambes, bien entendu.
Cela ne les empêcha pas de raconter à tous les gens qui
passaient que mille démons s'amusaient dans l'église.

Jean le Diot, cependant, était revenu chez sa mère.
Celle-ci lui demanda compte de sa journée.

— As-tu vendu le bœuf ainsi que je te l'avais dit?

— Parfaitement, et j'ai suivi de point en point toutes
vos recommandations. De grands malins et des babillards
auraient bien voulu me l'acheter, mais je ne les ai point
écoutés.

— A qui donc l'as-tu donné?

— A un grand jeune homme qui se tenait dans une
niche dorée et qui demeure dans une belle maison bâtie sur
la route.

— Mais il n'y a point de maison sur le chemin, mon
enfant, bien certainement tu te trompes.

— Non, non, ma mère, je ne suis pas fou, je suppose!
Il y a même sur le toit une sorte de grande cheminée avec
une cloche.

— Ah! mon Dieu, c'est une chapelle; tu as vendu le
bœuf à saint Frigemol! Mais dis-moi, qui t'a donné l'argent
que tu as?

— C'est l'acheteur, parbleu! il le gardait dans une
caisse fermée qui se trouvait à ses pieds.

— Mon pauvre garçon, c'est le tronc de l'église dont tu

veux parler! et comme tu as commis un sacrilège en le brisant, tu seras sans doute pendu.

Cette fois Jean le Diot eut bien peur. La cravate de chanvre n'était pas de son goût. Aussi dit-il à sa mère :

— Que faut-il faire pour éviter les gendarmes?

— Rien autre chose que remettre cet argent où tu l'as pris. D'ailleurs, j'irai t'accompagner.

Qu'on se figure le désespoir de la bonne femme quand en entrant dans la chapelle elle trouva le saint en morceaux.

— Ah! mon Dieu, nous sommes perdus! C'est justement demain la fête du bienheureux Frigemol et chacun va nous accuser. Hélas! comment faire, comment faire! Et la pauvre femme pleurait et s'arrachait les cheveux de désespoir.

Après un moment, toutefois, elle crut avoir trouvé le moyen d'échapper à la justice.

— Mon fils, dit la vieille, il faut te mettre dans la niche et prendre la place du saint.

— Je le veux bien, dit Jean le Diot.

Sa mère courut à la maison, prit une longue robe blanche, une ceinture bleue et revint habiller son fils qui se mit tout debout dans la niche.

— Prends bien garde surtout de bouger!

— Laissez faire, je saurai imiter mes camarades.

Or, c'était l'usage, dans les pèlerinages qu'on faisait à la saint Frigemol, d'enfoncer des épingles dans la statue tout en formulant le vœu qu'on voulait voir s'accomplir.

Le lendemain tout le monde arriva et les bonnes femmes disaient :

— Bienheureux saint Frigemol, faites que ma récolte soit bonne!

— Bienheureux saint Frigemol, faites-moi trouver un mari !

— Bienheureux saint Frigemol, faites pleuvoir dans ma vigne !

Jean le Diot se tenait bien droit, gardant son sérieux et chacun s'y trompa.

Les premières épingles ne firent qu'effleurer la peau : le saint trouva son rôle très facile et déjà il riait en lui-même du bon tour qu'il jouait aux gendarmes ; mais voilà que les épingles pénètrent de plus en plus dans les chairs.

Le pauvre garçon résiste d'abord, fait une grimace, puis deux, puis enfin, n'y pouvant plus tenir, d'un bond formidable, il franchit les pieuses dévotes qui l'entouraient et s'enfuit en criant de toutes ses forces :

— Ah ! les vieilles sorcières ! que Dieu confonde !

A cette vue chacun demeura épouvanté, les hommes encore plus que les femmes ; puis, tout le monde cria :

— Voilà notre saint qui se sauve ! Courons à sa poursuite !

Heureusement pour Jean le Diot la peur lui donna de si bonnes jambes qu'il put se mettre à l'abri dans un bois ; de sorte que les paysans eurent beau faire ce jour-là, saint Frigemol ne fut point retrouvé.

Sur ces entrefaites, un parent de Jean le Diot étant mort, la pauvre famille se trouva tout à coup à son aise. Mais que faire de l'argent à moins qu'on ne le dépense ? C'est ce que l'innocent avait compris, et il s'en chargea de tout son cœur.

Un jour, le maudit de la Reine des fées passait par une ferme quand il vit une bonne femme qui plumait une poule.

Comme celle-ci mettait soigneusement toutes les plumes de côté, Jean le Diot lui demanda :

— Hé! madame, s'il vous plaît, dites-moi, que faites-vous de ces plumes?

— Vous êtes bien simple, mon bon ami; ce que j'en fais? Hé! je les plante, parbleu. Votre mère n'agit-elle pas de même?

— Non, par ma foi.

— C'est qu'alors elle ne possède point des poules de Malinquinqui.

— Et quelle extraordinaire vertu ont ces plumes, je vous prie?

— Décidément ton pays est bien peu civilisé, mon petit homme; tu ne sais donc pas qu'une de ces plumes bien cultivée donne en un mois un chapon de six livres!

— Ah! vraiment? je l'ignorais; dans ce cas vendez-moi pour mille francs de plumes, les plus grandes et les plus belles cela va sans dire.

La bonne femme riait sous cape et ne pensait guère qu'une vieille poule put lui rapporter tant d'argent. Elle s'empressa donc de bien servir Jean et même, faisant valoir sa largesse, lui donna les deux pattes par-dessus le marché.

Notre fou s'en alla tout heureux. Arrivé à la maison, il courut prendre une bêche et partit aussitôt dans le jardin planter les plumes merveilleuses.

— Comme tout le monde admirera mon carré de chapons, pensait le malin garçon, et monsieur le curé lui-même s'en léchera les babines quand il les verra si gros et si gras. Des chapons de six livres, tudieu, quelle aubaine!

Il interpellait même tous les gens qui passaient :

— Voyez la belle plantation de chapons! A-t-on jamais vu semblable merveille!

La semaine suivante pourtant, Jean le Diot vint tout en larmes retrouver la fermière.

— Hé! mon garçon, qu'as-tu donc à pleurer et gémir ainsi? Ta maison serait-elle brûlée?

— Ce serait bien peu de chose, ma bonne vieille!

— Quoi! ta mère serait morte?

— Ce malheur serait irréparable, mais on finirait par s'en consoler.

— Quel terrible fléau s'est donc appesanti sur toi, pauvre jeune homme, pour changer tes deux yeux en fontaines intarissables.

— La grêle! hélas! la grêle qui a déraciné mes belles plumes de poule; le vent aussi, ma bonne fermière, le terrible vent du nord qui les a enlevées et dispersées dans tous les coins du pays!

— .....?

— Ah! ne me grondez pas, je les ai bien cherchées; mais aucune n'a pu être trouvée.

— Nous aurions dû songer à la possibilité d'un pareil désastre, mon bon ami. Ce n'est point des chapons qu'il aurait fallu cultiver, le vent emportant les plumes, mais bien des saucisses parfumées, de bonnes et belles saucisses se moquant des orages.

— Dans ce cas, que pousserait-il?

— Des arbres comme des pommiers ou des cerisiers, mais qui, au lieu de pommes ou de cerises, donneraient à toutes les branches, sous toutes les feuilles, ce fruit délicieux que les gens qui n'ont point fait d'études pensent seulement devoir provenir de la viande de porc. Toi, mon garçon, as-tu fait tes études, et savais-tu cela?

— Parbleu! qui serait assez pauvre d'esprit pour l'ignorer? La chose est toute simple. Madame, combien vendez-vous ces saucisses dont vous me parlez?

— Cent francs la pièce si c'est pour toi.

— Alors donnez-m'en une douzaine, aujourd'hui je ne puis davantage.

La rusée fermière alla chercher douze vieilles saucisses qu'elle enveloppa le plus soigneusement possible et les offrit à l'insensé.

Celui-ci paya sur-le-champ; puis, tout heureux, oubliant déjà sa première infortune et le vent et l'orage, il s'en retourna chantant à la maison.

Jean le Diot est devenu vieux. Mais la barbe seule a poussé au menton. L'esprit ne lui est point venu.

Un jour que le ciel était pur et que le soleil inondait la terre de ses rayons d'or, le pauvre innocent s'habilla tout de neuf, mit son plus beau chapeau, passa ses gants, prit sa canne à pomme d'ivoire et s'achemina tout doucettement vers la foire qui se tenait au village voisin.

Il s'amusa toute la journée, commettant les plus grosses sottises, quand enfin il songea que sa femme devait l'attendre.

Il pensa alors à s'en retourner et, sans plus tarder, s'achemina vers sa maison. Malheureusement un orage éclata au moment où notre malin s'engageait sur un pont. De grosses gouttes tombaient déjà de tous côtés; encore un moment et son beau chapeau, ses habits tout neufs, ses gants dont il était si fier seraient gâtés par la pluie.

— Palsembleu! s'écria le bonhomme, si je me laisse mouiller ainsi vraiment je ne serais qu'un sot et l'on aurait bien raison de se moquer de moi.

Mais, comment faire?

Tout à coup, il poussa un cri de joie : le rusé avait trouvé cette idée merveilleuse :

— Il faut me jeter dans la rivière ; étant dans l'eau, bien sûr que la pluie ne pourra plus me mouiller.

Et ce disant, le pauvre fou enjamba aussitôt le parapet du pont et sauta dans le fleuve.

Jean le Diot ne savait pas nager et se noya. Pour la première fois de sa vie l'esprit lui vint peut-être, malheureusement il était trop tard.

Le lendemain, un meunier retrouva son corps sur la rive. On l'enterra avec pompe, et sur sa tombe on mit en latin cette belle épitaphe :

iL FAUT
MOURiR

IL FAUT MOURIR

Il était une fois un grand savant, si savant que personne au monde ne pouvait lui être comparé. Les herbes de la prairie et les plantes de la forêt n'avaient plus de secrets pour lui; il connaissait chacune des étoiles brillant au firmament, entendait le langage des oiseaux, et, lorsque le vent soufflait en tempête ou murmurait tout doucement dans le feuillage, il comprenait ses grandes colères et ses tendres soupirs.

Aussi, la renommée du savant Hazramoun s'était-elle étendue à cent lieues à la ronde, et l'empereur de Babylone, qui l'admirait beaucoup, voulut en faire son plus intime conseiller.

Arrivé au faîte de la gloire et de la puissance, Hazramoun fut pris de vertige, l'orgueil insensé s'empara de son âme, de sorte que personne ne pouvait plus l'approcher sans fléchir les genoux et baiser trois fois la terre.

Malheur à qui aurait osé le regarder en face, encore moins le braver ! De sombres cachots ou d'affreux bûchers punissaient aussitôt l'insolent.

Toutefois, ce vice détestable était racheté par une belle et sainte vertu, la seule qui restât encore dans le cœur du savant. Hazramoun aimait sa mère, et quand il songeait à elle, de tristes larmes mouillaient ses paupières.

Depuis de longues années il ne l'avait pas vue ; aussi, malgré les plaisirs de la cour, n'y pouvant plus tenir, un jour, le savant alla demander à son maître la permission de le quitter.

— Prince tout-puissant, lui dit-il, toi qui élèves les hommes et les abaisses d'un seul de tes regards, permets à ton fidèle serviteur de quitter ce superbe palais, afin qu'il puisse aller visiter la pauvre maison où sa mère l'attend depuis si longtemps.

— L'aigle promène son vol suivant son caprice, les larges fleuves et les hautes montagnes ne peuvent l'arrêter ; va donc où ton désir t'appelle, mais souviens-toi qu'à Babylone est un maître qui attend et un ami qui t'aimera toujours.

Et, d'un geste gracieux, le haut et puissant empereur congédia de la main le savant Hazramoun qui se mit aussitôt en route.

Tout en marchant, le voyageur songeait à la vie étrange qu'il avait menée jusqu'alors.

Il se vit au fond des bois, surprenant les mystères insondables de la nature, regardant tout, étudiant chaque chose ; puis, au sommet des pics altiers, découvrant la manière dont se forme la foudre qui broie le chêne dans la vallée et remplit les humains d'épouvante et d'horreur.

Enfin, il se rêva assis sur les bords de la vaste mer, fouillant avec son regard les gouffres profonds et les noires cavernes qu'habitent les monstres hideux.

Hazramoun continuait à passer ainsi en revue les rapides années de son existence, lorsqu'au détour d'une route il rencontra un pauvre vieillard qui lui demanda :

— Où vas-tu ?

— Que t'importe ?

— Si tu allais de mon côté, je voudrais suivre le chemin avec toi.

— Vraiment, tu me fais honneur, mais je ne voyage pas avec un misérable mendiant de ton espèce.

— Je suis vieux et tu es jeune, aide-moi à marcher.

— Suis-je ton valet ? Marche ou reste, cela m'est indifférent ; ne sais-tu pas à qui tu parles ? Je suis le savant Hazramoun !

— Oui, je le sais, orgueilleux insensé, répliqua aussitôt le mendiant, transformé en un beau jeune homme, mais sache à ton tour que la science dont tu es si fier ne te servira de rien. Tu te moques des pauvres, tu méprises les vieillards, eh bien ! je te le dis, ton savoir ne t'a point rendu immortel, et de ton nom il ne restera même pas le vague souvenir.

— Que dis-tu ? s'écria le savant furieux, et quelles paroles viens-tu de prononcer ? Moi, mourir ! Moi, périr comme le plus misérable des hommes, après m'être élevé si fort au-dessus des plus intelligents ! Non, je n'accepte point ton arrêt ! A l'instant même je cours à la recherche d'une terre où l'on ne succombe point, où tout soit immortel !

— Hazramoun, tu mourras.

Mais le savant ne l'écoutait déjà plus. Oubliant sa mère

qu'il n'avait point encore vue, l'empereur qui l'attendait, le voilà courant, courant toujours, pendant des jours et des semaines...

Enfin, une nuit, il s'arrêta dans un endroit tout entouré de hautes montagnes, et là, frémissant de joie, il aperçut ces mots écrits en caractères de feu :

« Ici l'on ne meurt jamais. »

— J'ai trouvé ! s'écrie le savant. J'ai fini par découvrir cette terre tant désirée, me voilà immortel !

Et, joyeux, il se prit à penser au maudit enchanteur qu'il avait rencontré sur sa route, et il sourit d'aise à la pensée de l'avoir vaincu.

Le lendemain, un soleil de feu éclaira l'horizon ; la vallée tout entière s'illumina comme par enchantement et l'heureux Hazramoun put admirer ce pays béni où la richesse du sol n'avait d'égale que la douceur du climat.

Les jours, les mois, les années s'écoulèrent, le fier savant se croyait immortel.

Un matin pourtant il fut réveillé par une effroyable tempête. Les arbres se tordaient sous les efforts du vent, d'épaisses nuées toutes noires tourbillonnaient dans le ciel, et les fleurs si fraîches qui embaumaient l'air étaient déjà flétries et dispersées par l'orage qui venait d'éclater. La terre tremblait, les montagnes oscillaient sur leur base ; on aurait dit que la fin du monde était arrivée.

Hazramoun était encore épouvanté de ce changement extraordinaire quand au loin, bien au loin, il aperçut, emporté par l'ouragan, un être informe qui s'approchait de lui avec la rapidité de l'éclair.

C'était un monstre hideux ayant les ailes de l'aigle, la tête du lion, la queue du serpent et les pattes du tigre ! Il arrivait les ailes largement déployées et tenait dans ses griffes un cadavre aux chairs encore palpitantes.

Arrivé tout près d'Hazramoun, le monstre se laissa tomber à terre, prit un grain de sable et disparut aussi rapidement qu'il était venu.

Étonné, le savant s'écria :

— Que viens-tu faire ici, horrible dragon qui jettes l'épouvante dans mon cœur et pourquoi ce grain de sable que tu viens d'enlever?

A peine avait-il achevé ces mots qu'un énorme rocher lui répondit :

— Il vient accomplir son œuvre de destruction et disperser aux quatre coins du monde les débris de ces montagnes. Tout ici-bas périra lorsque ces monts formidables qui élèvent encore leur tête altière dans les nues seront au niveau de l'immense plaine qui est à leur pied !

— Eh quoi ! tout n'est donc point éternel en ces lieux ? s'écria le savant consterné.

— Non ; mais ne t'inquiète de rien, mortel fortuné ; des millions de millions d'années s'écouleront avant que tes yeux ne se ferment à la lumière.

— Cela ne me suffit pas ; je veux l'éternité et non une vie plus ou moins longue. Que m'importe l'existence, si ces montagnes doivent disparaître un jour?

Et à travers monts et vallées, le voilà de nouveau marchant, courant, fuyant toujours, Hazramoun le savant !

Il cherche encore le pays où l'on ne meurt jamais !

Depuis longtemps déjà il voyageait ainsi, lorsqu'il arriva sur les bords d'un lac immense, plus grand qu'une mer !

Jamais on ne peut rêver une contrée pareille à ces rives enchantées; les fleurs avaient plus d'éclat que partout ailleurs, les oiseaux parlaient un langage humain, et les arbres, chargés à la fois de fleurs et de fruits délicieux, pliaient à se rompre.

En parcourant ce pays merveilleux, Hazramoun rencontra un jour un chêne immense, si grand, si grand que toute une ville aurait pu tenir à son ombre.

Il était là, plein d'admiration devant cette puissante nature, lorsqu'une voix stridente se fit entendre.

Une branche du colosse parlait ainsi :

— Et depuis quand, vil mortel, oses-tu fouler le sol où toute chose est aussi immuable que le monde?

— Chêne orgueilleux, tout ce qui est ici est donc immortel ?

— Oui.

— Eh bien ! alors je ne te crains point; tu ne peux m'arracher la vie !

Et Hazramoun le savant, pensant enfin avoir rencontré le pays qu'il cherchait depuis si longtemps, passa dans ces lieux un nombre d'années qu'il ne put jamais compter, car rien ne pouvait en apprécier la durée.

Or, un jour qu'il parcourait comme d'habitude les sites merveilleux de la contrée, un grand silence se fit tout à coup dans ces lieux. Le soleil se voila, les oiseaux cessèrent de chanter, les insectes de bourdonner dans l'herbe, et pourtant les arbres semblaient être tordus par la tempête.

A cette vue, un frisson mortel parcourut le corps du savant; ce changement inattendu l'épouvantait, et Hazramoun levait au ciel ses regards suppliants, lorsqu'au milieu d'un tourbillon de feu il aperçut tournoyant, effrayant à voir,

Que viens-tu faire ici, horrible dragon qui jettes l'épouvante dans mon cœur?

un oiseau étrange, au sinistre plumage, qui vint se reposer
à quelque distance de lui sur les bords du lac.

Cet oiseau prit une goutte d'eau dans son bec et se
disposait à reprendre son vol, quand le savant lui adressa
ces paroles :

— Qui que tu sois, réponds au plus malheureux des
hommes ; dis-moi pourquoi, seul entre tous les êtres de ces
vallées, tu viens t'abreuver de ces eaux ? Pourquoi aussi,
pourquoi ta venue a-t-elle rempli de tristesse les plantes et
les animaux ?

— Je suis le messager de mort. Je viens ici tous les
mille ans enlever à cette mer une goutte de son eau ; car il
est écrit dans le livre du Destin que toute chose périra le jour
où ce vaste océan sera complètement desséché.

— L'arbre a donc menti ? L'éternité n'est point pro-
mise aux êtres de ces lieux ?

— Non, l'arbre n'a point menti ; la masse d'eau que
je dois enlever goutte à goutte et tous les mille ans est
tellement grande que l'on peut, sans mentir, se croire
immortel.

— Mais un moment viendra où ton dernier voyage
sera le signe de ma mort ?

— Oui.

— Eh bien ! moi je ne veux pas mourir ! Je ne veux
point reconnaître ta puissance ! Dis-moi, y a-t-il un lieu que
tu ne puisses visiter, un lieu où tout soit éternel !

— Ce lieu existe, mais je ne puis te dire où il se
trouve.

— Je le chercherai.

Et Hazramoun se remit en route.

Les jours et les nuits ne se comptaient déjà plus depuis

. départ du lac enchanté, lorsqu'un soir le pauvre savant rencontra une vieille femme qui lui dit :

— Où vas-tu ?

— A la recherche du pays où l'on ne meurt point.

— Veux-tu me suivre si je t'y conduis ?

— Volontiers.

— Aussitôt la vieille, transformée tout à coup en une ravissante jeune fille, fit apparaître un superbe carrosse traîné par quatre chevaux ailés ; et le savant et la fée, car il avait rencontré une fée, disparurent à l'instant dans les airs.

— Où me conduis-tu, puissante magicienne ?

— Ne cherches-tu pas le pays où rien ne succombe ?

— Certainement.

— Eh bien ! nous y allons.

— Cette contrée après laquelle j'ai tant couru n'était donc pas sur cette terre et fallait-il parcourir le ciel pour la rencontrer ?

— Oui, et jamais tu ne l'aurais trouvée si je n'étais venue à ton secours.

Le savant Hazramoun et sa belle compagne arrivèrent enfin dans le pays où l'on ne meurt jamais.

Une brise légère, douce et parfumée, s'éleva aussitôt comme pour les saluer ; les plantes fleurirent et embaumèrent, et les ruisseaux, entre deux rives mystérieuses, murmurèrent leurs plus tendres chansons. Tout n'était que douceur et harmonie dans ce céleste séjour ; sur un pommier en fleurs le rossignol charmait sa compagne par ses airs favoris et dans les bocages, pinsons et rouges-gorges, fauvettes et bengalis gazouillaient, se poursuivaient, se becquetaient.

Mille insectes bourdonnaient dans l'herbe, le papillon

courait du lis à la rose, des lilas aux pervenches, l'abeille laborieuse composait son miel. Partout des fleurs merveilleuses : marguerites aux pétales d'argent, coquelicots de pourpre, primevères et molènes d'or. Le chèvrefeuille et le lierre s'enlaçaient gracieusement aux arbres robustes tandis qu'à leur pied les myosotis et les bluets souriaient au ciel bleu.

Pendant longtemps Hazramoun et sa compagne vécurent heureux dans ces lieux enchantés.

Bien des années s'étaient écoulées et le savant se croyait encore aux premiers jours.

Une fois pourtant il se souvint de sa mère et désira la revoir.

Vainement la fée essaya de le détourner de son projet, Hazramoun voulut partir.

— Je te dois le bonheur, disait-il à son amie, et mon ambition sans bornes est, grâce à ta puissance, entièrement satisfaite ; mais je dois aussi la vie à la plus tendre des mères et ce serait impie, à moi, de ne pas lui faire partager mon immortalité.

— Eh bien ! dit un jour la magicienne, prends ce cheval ailé, c'est le plus beau de tous ceux que je possède, rapidement il te conduira sur la terre. En te laissant porter tu pourras aller chercher ta mère et revenir bientôt ici. Mais prends garde, prends bien garde surtout de quitter un seul instant ta monture, malheur à toi ! aussitôt tu périrais.

Hazramoun monta à cheval et partit comme la foudre ; trois jours et trois nuits il fendit l'espace, enfin il arriva dans ce monde.

— Mon coursier rapide, demanda le savant, mon cheval ailé, connais-tu mon village ?

— Il est bien loin, loin, là-bas, près du Sind, le fleuve sacré.

— Courage donc ! en avant, le jour s'enfuit, ne perdons pas de temps.

La nuit est passée, ils sont arrivés.

— Mon cheval, tu t'es trompé, je ne suis point né en ces lieux.

— Reconnais ces vallées, reconnais ces montagnes ; Hazramoun, c'est bien ton village.

— Cela est vrai ; hélas ! que tout est changé ! Je ne vois plus la maison de ma mère !

Un homme passa.

— Eh l'ami ! d'Hazramoun connais-tu la demeure ?

— D'Hazramoun, dites-vous ? non vraiment, ce nom étrange frappe pour la première fois mes oreilles.

— Quoi ! ne te souvient-il plus du grand savant dont on a tant parlé jadis et qui est né en ces lieux ?

— Sans doute vous voulez rire, cet homme-là n'a point existé.

— Parbleu, tu me sembles fou, ou ton ignorance est bien grande !

Hazramoun s'informa pourtant encore de tous côtés, mais personne ne put lui répondre ; il interrogea les vieux et les jeunes, les vieillards de cent ans et les enfants de quinze ans, aucun ne connaissait sa mère.

Les générations avaient succédé aux générations, les siècles aux siècles, et selon la parole du vieillard, d'Hazramoun le savant, le nom même n'était point resté.

Triste et le front penché, le malheureux se remit en route pour aller retrouver la fée sa compagne. Son orgueil avait reçu une atteinte cruelle. Aucun être vivant ne se souvenait donc plus de son nom et sa mère adorée était donc morte, hélas! après avoir imploré sa venue. Oui, je suis immortel, pensait le savant, mais que m'importe la vie si je suis seul en ce monde, que m'importe-t-elle sans mère, sans femme, sans un enfant qui réponde à mes caresses? Et qui voudrait d'une pareille existence s'il fallait la payer un tel prix ?... Je sens le poids de l'éternité qui m'accable, je sens mes os qui ont besoin de repos !

L'âme envahie par ces sombres pensées, l'infortuné marchait, marchait, toujours sur son fidèle cheval, lorsqu'un soir il aperçut, sur le revers d'une montagne, sept forts chevaux traînant avec peine un chariot pesamment chargé.

S'étant approché du lourd véhicule, Hazramoun le vit engagé dans une ornière d'où il lui était impossible de sortir.

— Hé! le cavalier, demanda le conducteur, voulez-vous me donner un coup de main? autrement je serai forcé de passer la nuit ici en attendant quelqu'un de plus obligeant que vous.

— Volontiers, mon ami, répondit le savant, et, sans plus réfléchir il descendit de cheval.

Mais à peine avait-il mis le pied à terre qu'il aperçut à ses côtés le squelette de la Mort, sa faux tranchante à la main, et lui criant d'une voix stridente :

— Enfin j'ai pu te saisir! Voilà bien longtemps que je cours après toi. Regarde les souliers que j'ai usés à ta poursuite!

Et la Mort montra sa voiture toute pleine de chaussures informes.

— Laisse-moi continuer ma route, que t'ai-je fait, ô Mort?

— Ce que tu m'as fait, malheureux ! Eh ! n'est-ce pas la plus grande des insultes, que celle de braver ma puissance ?

Au moment suprême le voyageur supplia :

— Grâce, grâce !

— Non, tu n'as que trop vécu, et il est bien temps que tu meures.

L'implacable faux s'abattit sur l'infortuné savant et Hazramoun disparut pour toujours.

COMPÈRE
BOUC
ET
COMPÈRE
LAPIN

Au temps des lutins et des fées, compère Bouc et compère Lapin habitaient dans la même plaine, non loin l'un de l'autre. .

Fier de sa longue barbe et de ses cornes aiguës, compère Bouc se montrait fort dédaigneux pour compère Lapin ; à peine le saluait-il quand il le rencontrait, et son plus grand plaisir était de lui jouer les tours les plus pendables.

— Compère Lapin, voici maître Renard !

Et compère Lapin de fuir aussitôt.

— Compère Lapin, voici maître le Loup !

Et compère Lapin de trembler de tous ses membres.

— Compère Lapin, voici maître le Tigre !

Et compère Lapin de frémir et de croire venue sa dernière heure.

Fatigué de cette triste existence, messire Lapin réfléchit au moyen de changer en ami son terrible et puissant voisin.

Il trouva des raisons infaillibles et compère Bouc fut invité à dîner.

Le repas fut long et abondant; rien n'y manquait, les meilleurs plats furent servis. Compère Bouc s'en léchait la barbe de satisfaction; jamais il ne s'était trouvé à pareille fête.

— Eh bien! mon ami, s'écria au dessert, compère Lapin, es-tu content de ton souper?

— On ne peut davantage, mon cher hôte, toutefois mon gosier est bien sec et un peu d'eau ne ferait pas de mal.

— Ma foi, compère Bouc, je n'ai point de cave, aussi je ne bois jamais pendant les repas.

— Une idée, compère Lapin, moi non plus je n'ai pas d'eau; si tu veux venir par là, auprès du peuplier, nous allons creuser un puits.

Compère Lapin espéra se venger :

— Non, compère Bouc; à l'aube naissante je bois la rosée dans le calice des fleurs, et pendant la chaleur du jour, quand j'ai soif, je bois dans la piste des vaches.

— C'est bien; tout seul je le ferai et tout seul je profiterai de mon puits.

— Bon courage, compère Bouc!

— Merci, mon bon ami petit Lapin!

Compère Bouc s'en alla au pied de l'arbre et fouilla son puits; le voilà qui avance, qui se creuse, qui devient de plus en plus profond. Le puits est fait, l'eau jaillit, et compère Bouc se désaltère largement.

Compère Lapin qui l'avait suivi se mit alors à rire derrière un buisson tout en fleurs.

— Ah! mon pauvre ami, comme tu es innocent! ne put-il s'empêcher de dire.

Ecoute, petite, si tu regardes dans ce puits, je vais te flanquer sur le nez.

Le lendemain, lorsque Bouc à la grande barbe et aux cornes pointues retourna chercher de l'eau à son puits, il aperçut la trace des pas de petit Lapin encore marquée dans la terre fraîche. Compère Bouc réfléchit profondément, se gratta la tête, tira sa barbe, se frappa le front, puis enfin s'écria :

— Mon bon ami, je vais t'attraper !

Et aussitôt il court prendre ses outils et fait une grosse poupée en bois de laurier ; ensuite il la goudronne de-ci, de-là, à droite, à gauche, en haut, en bas, jusqu'à ce qu'elle soit noire comme une petite négresse, une négresse de Guinée.

Cela fait, compère Bouc attendit tranquillement la fin de la journée ; le soleil couché, il courut, se cachant derrière les arbres et les buissons, planter sa poupée au ras du puits.

La lune venait de se lever ; au ciel brillaient des millions de petits flambeaux ; compère Lapin crut l'instant arrivé. Il prend son baquet et va chercher de l'eau.

En route il a peur d'être surpris, il frémit au plus petit bruissement de feuilles, au plus léger souffle du vent. Il marche par sauts, se cachant ici derrière un monticule, se couvrant par là d'une touffe d'herbe.

Enfin, il arrive au puits. Compère Lapin aperçoit la petite négresse ; il s'arrête effrayé, avance, recule, avance et s'arrête encore.

— Qu'est-ce là ? se dit-il. Il écoute ; les herbes ne parlaient pas, les feuilles et les branches restaient muettes. Il cligne des yeux, baisse la tête :

— Hé ! l'amie, qui donc es-tu ?

Petite Négresse ne bouge pas.

Compère Lapin avance un peu plus, puis crie encore. Petite Poupée ne répond pas.

Il respire, souffle plus à l'aise, puis s'approche du bord du puits.

Mais, quand il regarde dans l'eau, Petite Négresse regarde aussi.

Compère Lapin devient rouge de colère.

— Écoute, petite, si tu regardes dans ce puits, je vais te flanquer sur le nez.

Il se baisse au ras du puits et voit la poupée qui lui sourit.

Il lève sa main droite et la lui envoie.

Pan !

Ah ! sa main reste collée.

— Qu'est cela ? lâche-moi, fille de démon, ou je vais te flanquer sur les yeux avec l'autre main. Il la lui flanque.

Bin !

Hé ! la gauche se colle aussi.

Compère Lapin lève son pied droit.

— Petite Congo, fais attention et mûris bien mes paroles. Vois-tu ce pied-là ? Ce pied, je te l'envoie dans l'estomac si tu ne me lâches à l'instant. Aussitôt dit que fait.

Boum !

Le pied se colle ; compère Lapin lève l'autre.

— Tu vois, celui-ci ? Si je te l'envoie, tu croiras que c'est la pierre de tonnerre qui te cogne.

Il la frappe.

Tam !

Le pied se colle encore.

Compère Lapin tenait bien sa Guinée.

— Hé ! la petite ! j'ai déjà battu bien du monde avec mon front. Attention ou je brise ton affreuse tête en petits morceaux. Lâche-moi !

— Ha! ha! tu ne réponds pas?

Vlan!

— Négresse, es-tu morte? Ouais, que ma tête colle bien!

Quand le soleil fut levé, compère Bouc se rendit au bord du puits pour prendre des nouvelles de son ami petit Lapin : le résultat avait dépassé ses espérances.

— Hé! hé! petit coquin, grand coquin, couquinasse. Hé! hé! compère Lapin, que fais-tu donc là? Je pensais que tu buvais la rosée dans le calice embaumé des fleurs ou dans la piste des vaches. Hé! hé! compère Lapin, je vais te punir pour me voler mon eau.

— Je suis ton ami, ne me tue pas.

— Voleur! voleur! crie compère Bouc. Et vite il court dans le bois, ramasse un gros tas de branches sèches, allume un grand feu, puis va chercher petit Lapin pour le brûler tout vivant.

Or, comme il passait près d'un tas de ronces avec compère Lapin sur son épaule, compère Bouc rencontra sa fille Bélédie qui se promenait dans les champs.

— Où vas-tu, Bouc, mon papa, ainsi affublé d'un pareil fardeau? Viens manger l'herbe fraîche avec moi, et jette vilain compère Lapin dans ces ronces!

Petit voleur, tout penaud, dresse alors les oreilles et fait l'effrayé.

— Non, non, compère Bouc, ne me jette pas dans ces ronces; les piquants déchireraient ma peau, crèveraient mes yeux, me perceraient le cœur. Ah! je t'en prie, jette-moi plutôt dans le feu.

— Hé! hé! petit coquin, grand coquin, couquinasse, hé! hé! compère Lapin, tu n'aimes pas les ronces? Eh bien! alors, va rire là-dedans!

Et il l'y envoie sans pitié.

Compère Lapin roule en bas du tas d'épines, puis se met à rire :

— Kiak ! kiak ! kiak ! compère Bouc, mon ami, que tu me sembles bête ! kiak ! kiak ! kiak ! Meilleur lit jamais je n'ai eu ; kiak ! kiak ! C'est dans ces ronces que maman m'a fait naître !

Compère Bouc en fut désespéré mais compère Lapin eut la vie sauvée par sa présence d'esprit :

Longue barbe n'est pas toujours signe d'intelligence.

Saint-Denis. — Imprimerie Picard-Bernheim et Cⁱᵉ. — M. I. 64464

www.ingramcontent.com/pod-product-compliance
Ingram Content Group UK Ltd.
Pitfield, Milton Keynes, MK11 3LW, UK
UKHW021006120726
13693UKWH00004B/1808